風吹沙

落蒂著

悠遊與抵抗

——序落蒂詩集《風吹沙》

白靈

詩是與日常語言若即若離的，既不完全脫之而去，也不全然沾粘其上。詩與生活關係亦然，既要「走進去」認真踏實渡過每分每秒，又要能「走出去」回身反思品評論斷乃至想像過往的日子隱微的細節和感受。因此詩人常在「裡面」與「外面」的兩頭來往奔馳，而且有「越走向外面」就反而有「越走向裡面」、亦即有「越走出去」就「越走進去」的欣然感。如此原先待在原地的焦慮和禁錮感，才有機會獲得減輕或解除。

落蒂在詩之國土上浸淫久矣，近乎半世紀，一起初詩是他的LSD、迷魂藥和百憂解。而且「永遠沒有止息的一刻」、既可「日夜吟詠而忘記一切的苦痛」、又讓他的生命「像一條蜿蜒曲折的長河，日夜奔流」、如隨時「揚帆待發的船舶，不怕濃霧迷航」。那時讀詩、寫詩、評詩對他而言是愉悅的、欣喜的、對摸索詩之堂奧是嚮往的，是業餘性、教學性多於志業性的。

及至二〇〇〇年他自教職退休後，才真正「專事寫作」，全心栽入詩中。這才體會到詩界早已高人前人能人多矣，詩業一朝鑽進，不能不生影響的焦慮。「走進去」反而讓他有「走不進去」之感，他不能在焦慮中渡過，他要抵抗這種焦慮，他要回返初見詩的欣喜和香味，他要找到遇詩之初衷。他開始透過「身體走出去」的方式，讓自身遠離、滑過影響的焦慮之邊緣，他先是全省走透透，再是大陸走透透、最後希望世界走透透。因此其近年的詩，均是他認真行腳，所見所聞所觸所思所想的結果。

落蒂在使用語言時是純樸、平實、不炫技的，但又自有淡淡的、耐人尋探的滋味，而且始終如此。即使他較早貼己的、抒情性較濃的詩作亦值一探，比如二〇〇五學年大學入學指考國文科的考題選擇題第七題，即以他的一首短詩作為題目：

閱讀下列現代詩後作答：「打開自己珍藏的詩稿　發現只有無

題詩三首／一首我拿起來　一口一口吃下／一首拿給妻　為冬日的生活點火／另一首　我想，只有寄給你」（落蒂〈淒涼〉）

有關本詩，解讀不當的選項是：

(A)「自己珍藏的詩稿」，指的是詩人自己所寫的詩作。

(B)「一首我拿起來　一口一口吃下」，意指詩人稱許此詩充滿滋味，耐人咀嚼。

(C)「一首拿給妻　為冬日的生活點火」，意指詩人有時亦不得不為應付現實生活而低頭。

(D)「另一首　我想，只有寄給你」，在「我想」之後特別加一逗點，音節略有停頓，更可見下句的「你」應是詩人心目中極重要的一個人。

原詩分四段，每段二行，考題同段用空格並未加分行號。詩中所提的三首詩顯然是三種內容或形式不同且均未正式命名的詩。第一首寫自己欣賞卻無法或不欲發表的詩，並未說究竟是詩好或不好，雖自己「珍藏」卻不願示人，與「耐人咀嚼」的「人」（指他人）無關，因此詩題的答案應是（B）。第二首則寫可以發表，是為了投稿或參賽以幫助家用的詩（且似乎本領僅止於寫詩）；第三首是寫給只有特定對象如「只有」你才能了解、欣賞的詩，詩至此嘎然停止，令人稍感突兀又值回味再三。如此題目的「淒涼」既與第一首必須無奈地「一口一口吃下」有關，也略與第二首成了微不足道的「生產工具」有關，更與第三首的「我想，只有寄給你」、事實上卻可能寄不出去、只能暫時停留在「我想」而還不能或不宜付諸行動亦有關聯（或因已婚），如此寫詩的發表或傾訴對象並未通暢、不盡如己意，尤其是第三首的寄不出去的景況，自是淒涼情境。到了二〇一一年又有南部某國中就此詩命題時改了問題方向：

作者題目所謂的「淒涼」意思為何？

（A）感嘆懷才不遇。

（B）常受妻子埋怨。

（C）擔憂時局動盪不安。

（D）與友分別之愁。

則按前述討論，自是答案（D）最為適宜。如此婚姻本來是錢鍾書所謂再也「走不出去」之「圍城」，既是安全的，又是難以翻滾自身的。旅行則和詩創作的表現一樣，成了他可以「走出去」的唯二方式。怪不得他的上一本詩集要叫《詩的旅行》，既是藉旅行獲取詩意、想詩、得詩，也是走出「圍城」暫時「悠遊」而去，藉身體和心靈的短暫「走向外面」，以之「抵抗」長期受困在「裡面」不能盡如人意「表達所欲表達」的「淒涼」感。

他的〈北埔行．洗衣婦〉一詩多少是上述「淒涼」感的延續：「你儘管用力／死命的搓揉／並且把我翻過來／再三捶打／那種痛／是我亮麗的明天」，本詩中的「你」之意指可涉多重，可以是「洗衣婦」也可是「婚姻」是「圍城」是「農村社會」是「國家機器」是無所不在的監控系統也是古老的教育方式或只是困境所在，而「我」自然是「衣」是可被「死命的搓揉」可被「翻過來」可被「再三捶打」的身心或靈，但「那種痛／是我亮麗的明天」，如此能有「亮麗的明天」還得拜「搓揉」「捶打」之賜，拜「圍城」在「裡面」之賜。

也可說，沒有「裡面」也就沒有「外面」，有「外面」才能更接近更明白「裡面」，乃至真正的「裡面」不是受控的那部份，說不定是很難確切描述的「謎」、或「無」。唯有在此追索之間出入自由，或根本無法被拘束，則痛感消失，所謂亮不亮麗也就沒有那重要了。

外表比實際年齡至少年輕十幾二十的落蒂愈到晚近就愈看得明白，明白「把一切揑在掌中」的常只是少數寡頭、掌握發言權之人，因此抵抗之道就是揭發之、拆穿之乃至跳出其掌控、不隨之起舞，比如二〇一二年〈把一切揑在掌中〉中間二小節：

一枝筆可以攻下一個城池
一張嘴可以攻下一個強國
當怪手挖去心中那一塊肉
連千年長城也失守

拔掉那落日下的大旗

忘掉那蕭蕭的馬鳴
讓各色的旗幟
在大街小巷內肉搏
在無遠弗屆的頻道飄揚

此詩應是對名嘴聳眾或媒體治國的反擊，尤其是「去中華文化」的憂心，「心中那一塊肉」指自己最在意之事。但不論大鄉土或小鄉土都只是或大或小的「圍城」，任何「裡面」待久了都想走向「外面」，最好沒有裡外之分。

他在《風吹沙》開卷的第一首詩〈山中的一盞燈〉就有不認為那「悠遊」之人最終必須「回家」，或者來自「圍城」者必須回到城內、或詩人必須聽從「一盞燈」的指引等等服膺於某種規則的安排，落蒂對以上說法皆有想予以「抵抗」的味道：

在濃霧中
在黃昏六七點時

是誰
總會在半山腰
掛上一盞燈
就是這一盞燈
讓迷失的遊子知道
位於山中的家
沒有把他遺忘

但是
有著這麼茂密森林的山谷
一盞燈
就能讓所有遊子回家嗎
山谷間
仍然再次升起一陣濃霧
那一盞燈
又在黃昏時亮起

而山路仍然寂寂
沒有人回到
這山中彎彎曲曲的小路
更沒有人回到
家

鄭愁予有名句：「是誰傳下詩人這行業的／黃昏裡掛起一盞燈」（〈野店〉），意謂詩人應有在黑暗時代為世人「掛起一盞燈」，指引路線或讓遊子或迷途之人暫可落腳的義務和胸襟。但落蒂此詩有針對此種看法加以「抵抗」之意，尤其指引迷途遊子回家這方面，亦即詩有教育功能或社會作用、或詩有萬世千秋、隱含可能因此不朽這一點，落蒂透過此詩明顯地予以嘲諷或否定。「一盞燈／就能讓所有遊子回家嗎」，這是直接的質疑，即使「升起一陣濃霧」，「那一盞燈」不放棄指引的功用「又在黃昏時亮起」，但「山路仍然寂寂」、「更沒有人回到家」，詩的指引作用到了這時代已不再重要，也受到了落蒂的強烈質疑乃至完全否定。

他在前此寫的〈海崖上〉已顯現類此「不服你管了」的叛逆性，此詩幽默地說：

坐在臨海的山崖上
海浪一波一波衝來
像萬卷迅速翻動的潔白經書
我把腳伸了下去
企圖接受海浪奔騰的洗禮
海浪說
你的腳
太短了
無法體會
那種透心的冰涼
我說
沒關係
你再用力點

不就可以
親吻到
我的足踝了

你不就我，我何必就你，即使你是「潔白經書」之海亦然，隱然有詩人就該有個性、不必服從權威的特質。

這應該就是真實的落蒂了，心裡明白一切，當悠遊則悠遊，對別人眼中、握權者眼中、主流勢力眼中的必然可以飛過或掠過、或不輕就、或加以抵抗，因為宇宙是更大的謎和未知，那才是生命可以更豁達開朗、與之混同悠遊之處，其餘皆非必要。比如下列這些段落所顯示的：

沒什麼是已知
尤其是身後事
看著翻著
在靜定中
有種氛圍在醞釀著

我知道
那是一種瞬間的涉足
前進一步
即有頓悟

——節錄〈謎〉

胸口還有些許餘溫
你就當我們是嬉戲
穿鑿或附會
或更深更徹底的看見
往後某個時刻
一定會逐漸清晰
且撥開所有的雲霧

——節錄〈回悟〉

沒有暫停的小站
沒有過夜的村落
只有風的吼叫
只有蒼茫的大地

走不快的是我的腳步
算不準的是何時到達終點

千古興衰湧聚心頭
閣樓兀自立在那兒
它不管外面的爭戰
它不管千古人事滄桑
一位孤獨的旅客

——節錄〈旅程〉

呆立樓頭
茫然望著
競翔的海鷗

——節錄〈蓬萊閣〉

「在靜定中／有種氛圍在醞釀著」說的是「靜」和「定」後方知生命乃「瞬間的涉足」，工夫下得深「即有頓悟」。「更深更徹底的看見」指「撥開所有的雲霧」需要時間，急不得，只要「胸口還有些許餘溫」最重要。「走不快的是我的腳步」指資質非天縱，但知大地蒼茫一片，往前不知「何時到達終點」，但能向死而生，方不枉費此一人生旅程。「呆立樓頭／茫然望著／競翔的海鷗」說的是要學蓬萊閣樓，「不管外面的爭戰」、「不管千古人事滄桑」，即使眼前當下海鷗競翔又如何？這些詩段均有人生至此當放下，不必汲汲營營，靜定自身、有所了悟方是悠遊之道。

二〇一四年他寫下本詩集的主題詩〈風吹沙〉，不改他前此寫的

〈海崖上〉一詩的幽默語調，而且總是要讀到結尾才顯露出他的意圖：

一陣風吹來沙一直向前滾動
再一陣風吹來沙仍然再次向前滾動
一層層沙的波紋
彷彿我已皺得不成樣的皮膚

我站在沙前看著風不斷吹著
我看到一個個年輕的影子不斷出現
那不是頑皮的中學生
那不是害怕聯考的小子
怎麼一下子就變成退休的老頭
又一下子變成拄杖看海的老翁

風吹在我站在沙上的身軀
所有影像都要來重疊一起

把我壓入沙中被沙埋沒
抬頭看看即將下沉的落日
它會和我一起下沉嗎

詩分三段，首段寫當下，見層層「沙的波紋」彷彿「已皺得不成樣的皮膚」。由此引發第二段回想如何至此的過程，從「頑皮的中學生」到「害怕聯考的小子」到「退休的老頭」到「拄杖看海的老翁」，均藉風吹沙演變的經過快速閃現。最後一段是回想的「所有影像」與當下的我「重疊一起」，意欲聯合起來「把我壓入沙中被沙埋沒」，這是對死的恐懼和時不我與的無奈感。末二句是落蒂式的「抵抗」：

抬頭看看即將下沉的落日
它會和我一起下沉嗎

「抬頭看看」表示對「被沙埋沒」猶有不甘，開始藉「下沉的落日」（幻覺的，是地球自轉並繞日的緣故）大哉問「它會和我一起下沉嗎」（實覺的），意思是一切終將歸於空無乃宇宙大化之必然。由此一瞬間領悟的「抵抗」，落蒂乃能隨時間「悠遊」而去，不再有憾。

時間如風，生命如石如沙如灰如塵在風中翻滾，最後了無痕跡，其由有化無的過程層層密密，恍無間隙，詩就是製造間隙、擴大間隙，讓時間有停頓休止喘息的空間，詩就是在風吹沙當中仍能獲得自由呼吸的方式，像從沙堆中伸出一芽綠，企圖改變沙痕和風向，即使終歸於無。在落蒂的這本詩集中，我們讀到了他作為一位詩人孤寂、行腳、和偶而慢下來沉思如何抵抗周遭一切大大小小被規定被馴化的「圍城」，他藉詩創作和旅行不斷悠遊自身，有如在時空變革的風吹沙中、在土褐色的荒漠中拼命伸出一芽綠的努力，即使是「瞬間的涉足」亦無妨。這樣的詩作既是完成了他自身，也為讀者打開了一窗窗值得深思探看的視野。

活著，讀詩，沒有缺憾

——讀落蒂詩集《風吹沙》

林煥彰

我有兩行文字，可當作一首小詩；當然，我也把它當作我目前的詩觀；這兩行文字，我是這樣寫的：

活著寫詩，
死了，讓詩活著。

現在我讀著落蒂兄即將出版的一本詩集《風吹沙》，我突然又想起自己寫的上面那兩行字，並且還很自然的在腦中浮現：

活著讀詩，
死了，也沒有遺憾。

為什麼？總之，人生總有這樣那樣不順遂、不如意，有幸讀詩，不就有機會被關注，而獲得詩的撫慰嗎？因為詩就是詩人最真最淳美的心聲，是有無限穿透力，只要你樂意敞開心胸，親近她，接受她，大概就不會令你失望。

讀著，讀著，讀落蒂兄的《風吹沙》，我突然也有這樣的感覺和感受，因此，我就順理成章延用了我那兩行文字，改寫成為「活著，讀詩／沒有缺憾」，並且用來作為落蒂兄寫這篇短序的題目，應該是合適的。

讀著，讀著，讀到他寫〈山中物語〉，一首、二首、三首到八首，我眼睛一亮再亮，心也一開再開，讀得很舒暢，彷彿這一輯的每一首詩，都碰觸到了我心深處，不知為何，我就無話可說；說什麼好呢？有他的詩，我能再說什麼？說一句都會覺得多餘，而說再多也會覺得囉唆，就只有推薦讀者好好自己細細的讀她……而真正讀詩的樂趣，才不會被我囉囉嗦嗦、嘮嘮叨叨給破壞、給剝奪了。

讀著，讀著，讀罷〈魚語三章〉，憐憫與愧疚之心同時油然而生；雖然我不會捕魚，但我常常吃魚，像貓一樣，彷彿在市場上的每一條魚死白眼睛都瞪著我；罪過，罪過！

此時正是二〇一六年五月三十一日／晚上十點，我在飛往成都的CA418班機上

詩的無用，也還是有用的；能喚醒人類的一些良知、良心和悲憫，或撫慰心靈，應該是她的好處。當然，詩人也要先有這些自我省思，發自內心的良知，為天下蒼生悲鳴。

讀著，讀著，讀過好多首與臺灣南部地景風土人文有關的詩作，從《風吹沙》的「輯二」：〈遠眺蒼茫〉之後的旅程，〈陽光世界〉、〈鵝鑾鼻燈塔〉、〈福安宮〉、〈風吹沙〉、〈恆春古城〉、〈貓鼻頭〉，到〈國境之南〉、〈墾丁森林遊樂區〉等等，你說誰不愛臺灣？誰珍惜臺灣這座寶島？

讀著，讀著，我回頭再讀〈鵝鑾鼻燈塔〉，從海上回望「只有我們如一葉扁舟的島／在黑暗中載浮載沈……」，你的心不會糾結抽動

嗎？尤其再讀〈風吹沙〉中：

我站在沙前看著風不斷吹著
我看到一個個年輕的影子不斷出現
那不是頑皮的中學生
那不是害怕聯考的小子
怎麼一下子就變成退休的老頭
又一下子變成拄著枴杖的老翁

你不悚然心痛嗎？他寫什麼，他撼動了多少同代人，或都已垂垂老矣?!你不唏噓嘆息嗎？啊！你寫什麼啊！怎不寫風花雪月？對，正因為不寫風花雪月才教人讀著，讀著，還應該經常反覆的讀著，回味著，詩寫人生呀！當然，風花雪月也是人生，獨獨「風吹沙」才夠嗆，夠令人鼻酸，一讀再讀吧！活著讀詩。

飛機即將降落成都双流機場，此時十一點零五分讀著，讀著；是很愉快，很愉悅的讀著，在匆忙中讀完了這本詩集的第三輯，以及最後一輯，從讀完了國內的詩寫臺灣中南部各地的地景詩，如第二輯之後，又讀著國外的旅遊詩，如輯三〈變幻的雲朵〉中的旅日抒懷之作，以及中國大陸的輯四：〈古典的憂鬱〉、〈桂林南寧行腳〉、〈灕江〉、〈蘆笛岩〉等等，無不贊嘆詩人豐厚的情感，敏銳的人文地理觸覺與嗅覺，對捕捉和散發的神韻，深邃空靈，既羨慕又敬佩！

這是詩人落蒂兄近數年在詩創作上，又更上一層樓的亮麗成就，可喜可賀，又可佩！是為序。

二〇一六年六月二十三日／九點四十五分於研究苑／

是我六、七點晚上回到台北又忙了一些事之後

再補上面一小段

〔目錄〕

輯四：古典的憂鬱

輯一

山谷間的燈火

山中的一盞燈

在濃霧中
在黃昏六七點時
是誰
總會在半山腰
掛上一盞燈
就是這一盞燈
讓迷失的遊子知道
位於山中的家
沒有把他遺忘

但是
有著這麼茂密森林的山谷
一盞燈

就能讓所有遊子回家嗎
山谷間
仍然再次升起一陣濃霧

那一盞燈
又在黃昏時亮起
而山路仍然寂寂
沒有人回到
這山中彎彎曲曲的小路
更沒有人回到
家

——《自由副刊》，二〇一一年二月九日。

把一切捏在掌中

一切都嫌太遲了
為何只孜孜於劍氣的訓練
以及拳腳的攻防
古今中外哲人不是殷殷告誡
什麼文勝於武 劍敵不過文字
何況如今傳媒眾多
力量何止萬千
一枝筆可以攻下一個城池
一張嘴可以攻下一個強國
當怪手挖去心中那一塊肉
連千年長城也失守
島嶼雖小野心不小
任何地方發生的大小事情

都可以在該地重演
任何各色流行浪潮
都可以瞬間襲捲南北
不要再夢想著騎乘駿馬
馳騁煙雨江南
不要再夢想古代的俠客
斬妖除魔
拔掉那落日下的大旗
忘掉那蕭蕭的馬鳴
讓各色的旗幟
在大街小巷內肉搏
在無遠弗屆的頻道飄揚
再用力的說
把假的說成真的
那樣你的夢想就會
順著計劃的藍圖

逐漸脈絡清晰
以致於
把一切都捏在如來掌中

——《中國時報・人間副刊》，二〇一二年五月十四日。

拉著沉重推車的老人

一步一步地拉著車子顫危危地走來
那老人吃力地喘氣將車停在路邊
從垃圾箱中翻找他要的金銀珠寶
那些別人棄置的報紙紙箱寶特瓶
還有不值幾文錢的破鋼舊鐵

記不清多少次了
我看見老人用破毛巾
擦著斗大的汗珠
遙望著天空飄過的雲朵
尤其是那一層層厚厚的烏雲

車輛一輛輛急駛而過
沒有人和他交談
更沒有人投以關注的眼神
我不知道他家有多少人待養
是否有生病的老伴靠他醫療

我只知道他推著笨重的車子
負擔愈來愈重
而撿到的東西愈來愈少
他不曾嫉妒有人花千萬元
兩人去度假二十天

他一定背負著
如車上一包包沉重的命運
他一定需要社會的良心

投以真正的關注
有誰能挖掘出他背後的故事

孤單落寞的人與車
消失在街頭的轉角
一陣晚風吹來
搖醒了呆立街頭的我
我茫然地走向逐漸漆黑的夜晚

——《自由副刊》，二〇一二年七月二十九日。

茶香飄進詩境

那天去找茶
帶著黃山歸園的記憶
左轉右拐的小巷
仍阻不住我
一再探尋的腳步

茶煙裊裊升起
陽台上的蝴蝶蘭
也張開翅膀
探了進來

從陸羽開始
許多茶博士就和你一樣

由宋而元而明清
甚至是民國
都在用心細品追尋

雲南山間的鳥啼
茶樹與茶樹的對話
阿亮都聽進心裡
也把它們泡在
茶裡

當然要找你
普洱茶達人
即使再三問路人問學生
或問路旁小攤販主人
也要問到
這地處繁華台北

所謂名人雅士的
臥龍勝境
只為

一杯金黃茶漿
把詩人們的味覺
通通叫醒

後記：二〇一〇年夏日，詩人丁文智、古月、辛牧、張默、落蒂一同至阿亮工作室拜訪，聽普洱茶達人阿亮訴說如何在雲南高山間找茶，阿亮夫人親自以纖纖玉手泡茶饗客，眾人嘆曰：「乃神仙眷侶也！」是日我們一行所喝之茶，乃採自三千兩百年前老茶樹之茶葉所泡，此樹比商紂王還年長一些，特為之記。

——《中華副刊》，二〇一〇年八月二十七日。
入選蕭蕭主編，《2010年度詩選》。

靜觀一隻貓

在牆的小小角落
蹲著一隻貓
幾個階梯在旁邊
想引牠上那裡
找到這一隻貓
耳朵上竟然開了一朵花
多少年前
牠是誰的情人
留下
這麼鮮明的印記
石獅安靜臥一旁
觀看
沒有夢的湖

也沒有想念的花
更沒有流星雨般的呼喚

——《創世紀詩雜誌》，二〇一三年三月。

悔悟

設若面對這樣紛亂的時代
遲頓到沒有感覺
此時不知該哭或該笑
哭自己愚痴或笑自己癲狂
那是港邊第一個波浪
只掀起小小漣漪
漫漶岸上就點滴擴大
無人預知是否變成強大海嘯
有人偽裝成一朵靜美小花
譜寫柔和優美的旋律
有人虛意撫慰老人的寂寞空虛
有人表演餵哺失怙的小孩
易被欺騙感動的人們

像飛入燈火的蛾
撲入網中的麻雀
微笑著壯烈成仁
吟著貧血的詩歌
錯！錯！錯！
此刻應是洞悉這一切
而幡然悔悟

——《秋水詩刊・一六五期》，二〇一五年十一月。

淚訴

你捶打我吧請死命的捶打
躺在地上任由你踩踏
任由你吐口水
因為早已倒下
無聲無息的倒下
你不必俯下身來看我
你不必管那是什麼聲音
是從天堂來或從地獄來
你就是往死裡打
我活該口渴飢餓
其實早已無覺
天地有一種聲音
落入我的腦門

可是那是已遲來的喚醒
像西斜的日影
悄悄而去
消失在地平線盡頭

——《秋水詩刊・一六五期》，二〇一五年十一月。

山中物語

一、仰望心中的神

巍巍山岩上
霧靄縹緲中
立著一尊巨大的神靈
山腳下的凡夫俗子正在仰望
一輪明月慢慢升起
一群烏鴉悄悄飛過

二、消失的雲豹

登山隊友沿著河谷小徑
搜尋心中早已規劃的藍圖

山谷間吹著刺骨冷風
前進只能讓開山刀奮勇開路

一連串疑問在心中醞釀
你有看到山村
你是否遇到避難小屋
你看到山阿中游動的靈魂
你找得到任何屏障

正砍劈前進路徑
突然從芒草箭竹間
奔出一隻久已絕跡
讓眾人驚呼的雲豹

三、巨艦在山中乘風破浪

到了一個很接近雲的地方
早已忘記星月的需要
只要有淡淡的微光
就能支持我們前進
而箭竹雖矮小芒草雖軟弱
卻讓我吃足了苦頭
一直如猛烈巨浪在前後湧動
而貪婪的隊員不知什麼叫膽怯
如巨艦破長風
把開山刀刺向無垠的深海
耳畔只有山風
其他或許只有野獸和猛禽在窺視

四、山脊上的狂草

在一陣辛苦砍劈之後
月已升上中天
晚餐用過又是泡茶品酒
感覺彷彿附近有小動物足音
也有夜行動物跳躍的節拍
火光晃動混合著隊員的歌聲
清晨向山下回望
竟是山脊上出現左衝右突
一幅米芾的大狂草
向山下揮灑而去

五、在深山中療傷止痛

想起在山下人海中的衝撞
內心長久累積的不快
就恨不得把自己包裝成一座山間小屋
永遠在此靜定
你看我攀爬山岩的姿勢
就知道我不會漏接任何一次風雨
渾身臭汗污垢也勝過西裝革履
給我一支煙吧
讓心中的悒悶如煙霧飛散
好高興聽到你嘹亮的歌聲
我正在欣賞亮麗的山景呢
別人覺得猙獰兇惡的大山
卻以無比溫柔的擁抱
撫慰我受傷的心靈

六、永遠可愛的月光

聽到你說你也不走了
要留下來聽山風吹奏的樂章
那是多麼深奧的啟示啊
你看落葉上又有什麼在窸窸窣窣
山風天籟獸語各吹各的調
不同於人們的口號和拳頭
他寧願在此聽夜鳥怪啼
野獸嘶吼
也不願在山下聽心亂雜音
也不願看到笑裡藏刀
握手後的算計
彎月的天庭
照下多可愛的月光

古時如此現在如此
以後也是如此

七、尋找心中的明燈

誰也不知誰選擇的人生
永遠能適應世界潮流
而站在山中突出的山石上
迎著不斷襲來的山風
正感覺如先賢們耳提面命
不要怕苦難洗刷
前日回到已很久沒使用的書房
滿牆盡是前人智慧
它們——向我招手呼告
啊！往昔不論寒風細雨
微明窗前我多麼親近它們

本想永遠依賴
靠它們行走江湖
天涯海角都能隨心所欲
但一切變化得太快
如同山中氣候瞬息萬變
讓許多登山客葬身深山
此刻我要上網搜尋
抑或到處尋訪
那心中的明燈

八、仍然在遠處的神

靜坐高山崖上的神靈
在我們繞了好幾個山頭之後
祂還是高立在
好幾個山頭之後

仍然是背後
一輪明月
兩旁
雲霧繚繞
我們再繞了好幾個山頭
祂還是依稀在前方
前方的山岩之上
再往前
祂還是等距離
遠遠的注視我們

——《創世紀詩雜誌・一七七期》，二〇一三年十二月。

崖上

應該是季節到了
崖上那棵樹
長出新芽
並且領先群樹
釋放一些生命的訊息
我終於忍不住天天前來
觀看它的昂揚之姿
突然有一天我看到
綠蔭遮住了石階的全部
並長滿苔鮮
越過了崖岸
滿眼的綠
有什麼更能令心情悸動

陽光從山的那頭升起
照在崖上的果園
果樹上每片葉子
都閃爍著晶瑩的露珠
世上的一切都在迎接陽光
心情遂隨著山風
而飄蕩舒暢不已

——《創世紀詩雜誌・一七六期》，二〇一三年九月。

狩獵

熱氣蒸騰
行人和路樹同感燠熱
彎彎曲曲的山路上
爬滿垂頭喪氣的植物
山青停下來看著
我舉步艱難的樣子
喝口水，盼望下一場陣雨
樹枝和藤蔓輕輕撥弄人群的頭髮
偶爾也在肩頸上留下抓痕
幾隻不知名的小鳥發出
啾啾的呼喚聲
驚嚇的飛出樹林
大伙以對講機聯繫

獵犬張著驚覺的耳朵
緊跟在旁
突然一聲槍響
撼動整個山林也嚇到大家

有經驗的嚮導說
完了，所有的努力全白費
標的物嚇跑了
下次吧
我緊繃的神經
鬆懈了下來

——《創世紀詩雜誌‧一七六期》，二〇一三年九月。

一顆大石

一顆大石在路旁傾聽行人的腳步聲
遺忘了從高山或大海來的蟲鳴或海韻
陽光正炙熱的燃燒
在行人來來往往的沓雜聲中
誰也沒讓眼光接觸另一人的眼光
心中存在某些重負一眼就看出
一件陳舊的外衣
感覺不到外界的熱
車輛揚起的飛塵誰也不在意
更別說幾千公里外
爆炸或地震死傷的人數
他們甚至不如大石關切周遭
至於來處血緣

就不用說了
他們希望自己也是一顆大石
是一顆會滾動的大石
滾到天涯海角
沒有人看到的地方

——《創世紀詩雜誌・一七六期》，二〇一三年九月。

逝水

一切好像有些陌生
走過昔日市集和小巷
野台戲已不再熱鬧開演
只有花車拚命在廟前
讓穿得很少的少女唱和跳
妖冶的身影讓凡夫俗子
目不轉睛的口水直流
淫蕩的歌聲到處亂竄
小攤子排滿街的兩側
有吃有喝有玩
走著走著心中存有與你
不期而遇的盼望
而所遇人群中

景像卻十分陌生
心中遂有一團迷濛的霧升起
昔日的小城已無限向外擴展
孩提時一起嬉戲的田野
已聳立無數集合式住宅
新設立的學校
輻射的交通網
讓人繞了迷路
一切的一切除了陌生還是陌生
已無法在昔日玩耍的河中
沐浴在
原來的江水

——《創世紀詩雜誌・一七六期》，二〇一三年九月。

尋夢記

比預定時間早一些
攀上山頂的麻子臉老劉
舉起隊旗猛力搖動
還在半山腰的隊員
抬頭看看再用力擦汗
風從山頂吹下來
山徑旁的矮小樹木搖擺枯枝

所有人員到齊後
打開野餐盒
香味招引附近野鳥
在四處低空盤旋
眾人各丟一些飯粒給牠們
也引得牠們飛來爭食

也許是最早的一隊
下面蜿蜒的小徑
還有不少隊伍在匐伏前進
隊旗在山谷間此起彼落晃動
有領隊有嚮導就有熟悉方向
吃飽喝足就邁力向前挺進

一坡走過一坡一山越過一山
那山陵上終於出現閃光
那日夜盼望攀上的
夢的終點
已經在大家的腳下
早已忘記那段辛苦的征程

——《創世紀詩雜誌・一七六期》，二〇一三年九月。

謎和回悟

謎

順著版本的秩序閱讀
照著你呼吸的旋律前進
沒什麼是已知
尤其是身後事
看著翻著
在靜定中
有種氛圍在醞釀著
我知道
那是一種瞬間的涉足
前進一步
即有頓悟
或許你的南遊

已見過最南邊的浪濤
那小小的白色起伏
在月光下片刻的小立
自有種啟示自腦中升起
沒見過大海翻岸而過
能衝毀田園
或心防
然而海在遙遠陌生的彼方
一直有一種謎在緩緩前進
緩緩前進
且無法猜透

回悟

星星們一顆接著一顆亮起
音樂的節拍也在舞動的人群中

穿梭
有時熱情的互動
不如冷冷的旁觀
酒香溢了出去
庭院的花枝伸了進去
喧鬧聲正熾熱

桌上的食物東倒西歪
所有的夢正在悄悄的
遠離
酒客吐出的污物橫七豎八
畫了一幅抽象畫
誰又知道誰和誰
設計了什麼詭計

我們真的什麼都不在乎
做出來的成果如何
何必老是記掛
一切都交織著過去和現在
記憶中熱情正逐步冷卻
胸口還有些許餘溫

你就當我們是嬉戲
穿鑿或附會
或更深更徹底的看見
往後某個時刻
一定會逐漸清晰
且撥開所有的雲霧

——《創世紀詩雜誌・一七八期》，二〇一四年三月。

魚語三章

被捕到魚市的魚

我來到這個擁擠排滿各類魚種的魚港
擠身在那些身體僵硬
直挺著身子瞪著一動也不動的魚眼
緊閉著嘴
銀白灰黑或青綠的身軀
映著柔軟的冬陽
海浪在防波堤外洶湧
浪花在堤外旋舞
工人的鐵鈎舞動著
把所有的魚們鈎來甩去

商人正在尋找合理的價位
拍賣聲此起彼落
觀光客正在尋找可以立刻烹煮
可以馬上享用的魚鮮
我瞪大著眼睛直視著他們
暗示他們選我

暗示他們我想立刻告別這一切
我不再自豪海中的衝撞
不再自豪昔日的騰躍
罷了罷了一旦進入漁網
一旦來到漁市
還能有什麼指望

不能再奔游的魚

我是一尾不能再奔游的魚
躺在污水和泥濘中
一尾不言不語的魚
往日的自在成了不可追憶
不可逆游的意象
沒有言語的身影
直挺挺如一根材棒
是今日最具體的意象
什麼魚躍龍門
都是不再回返的光輝

任人叫賣一斤幾元
任人選取最中意的部位

魚販叫賣聲中
手起刀落
血淋淋的我的身軀
一塊塊的擺在販賣桌上
成了悲憤的抗議詩人
尋找了再尋找的
被遺棄的詩句
不必什麼修飾
更不必什麼平仄
只要原原本本擺在那裡
就是最震撼的意象

魚的宿命

真的，我不能無憾
不能就這麼認定我的宿命

無憾的歌，大家唱著
歡悅的歌，海洋唱著
成排的魚
鯊魚、鯖魚、鬼頭刀、不知名的魚
都因在海洋中奔馳而滿足
本來憂傷不知，天寒不怕
然而
就在那礁石之外
海溝之外
我沒入了深深的陷阱
永不復返的命運
遂被黑暗籠罩
繞了許多路卻沒有方向
尋找天堂卻沒有路
再也無法探向藍色的天空
再也無法悠遊深色的海洋

既為魚肉免不了刀俎
什麼是天堂的方向
什麼是飛鳥的英姿
只有銳利的尖刀
只有吆喝的叫賣聲

後記：最近到南方澳、竹圍、布袋等台灣漁港參訪，有感於「人為刀俎，我為魚肉」寫成「魚語三章」，是為記。

——《創世紀詩雜誌．一六五期》，二〇一〇年十二月。

一棵孤單的流蘇

突然了悟
思念竟然如此嚴酷
流蘇已在一夜之間
染了整頭白髮

那是一位痴情詩人
從荒徑野地走來
撐著一把
翠綠的洋傘
悄悄立在妳居住宮殿前

一整個嚴寒的長夜
宮門緊閉

花洋傘在夜風中
飛走了
瞬間
那綠色的髮也白了

一棵孤單的流蘇
白著頭
一直站在那裡
宮門
一直不開

——《中華副刊》，二〇一一年二月十六日。

傷逝

——給莉莉

你知道或不知道的事情
都已隨風而逝
夢也遠離
一朵雲飄過天際
它會飛到那裡
變換什麼形狀
都已不重要
那些或五彩繽紛
或噩夢連連的往事
曾經為我們譜寫
生命的歌曲
曾經為我猛烈撞擊

肉體和心靈
都已不必再追憶
村後的樹林
以及那目視所及的遠山
仍一再重複那些
那些年輕無端的愁緒
不知輕重的笑語
啊！一切都冷卻以後
行囊還能帶些什麼繼續前行
只有低著頭看流水
沉重的走下去

——《中華副刊》，二〇一三年四月四日。
——選入，向陽主編《2013年度詩選》。

哭泣的玫瑰

昨夜對著月光
吐露心事的玫瑰
今晨竟在蟲蛀聲中醒來
殘破的花瓣
還停留幾顆
晶瑩的露珠
我輕撫她的淚痕說
不要哭
親親
昨夜你已燦亮過

——《中華副刊》，二〇一一年七月十三日。

給遠方的戀人

當我撫觸著這麼一粒小小的紅豆
彷彿有一股電流流進體內
沿著血管神經亂竄
啊！我遠方尚未歸來的戀人

當妳將這麼一粒小小的豆子
送入我懷中
彷彿世界上所有的聲音
逐漸靜了下來
祇剩下
你我互相的
繫念

啊，我遠方尚未歸來的戀人
一直站在被遺棄的廢墟上
痴痴的張望著
向世界發出
最最微小的心願

——《中華副刊》，二〇一四年一月二十六日。
——入選岩上主編，二〇一二年台灣工藝節新詩作品集《紅豆愛染》。

輯二

遠眺蒼茫

旅程

只有單調
只有寂寞
那一條灰濛濛的小路
延伸向空無

只有大雪紛飛
只有人車行過的泥濘
沒有電影情節
沒有繽紛的奇遇故事

沒有暫停的小站
沒有過夜的村落

只有風的吼叫
只有蒼茫的大地

走不快的是我的腳步
算不準的是何時到達終點
沒有一隻鳥飛過也
沒有一隻狗在逗留
延伸向未知
那一條灰濛濛的小路
只有寂寞
只有單調

——《秋水詩刊》，二〇一二年一月。

陽光世界

——卓蘭所見

一隻綠繡眼
從馬拉邦飛過來
另一隻翠鳥
從東勢飛過來
牠們飛在高接梨
柑橘和
其他眾多水果之間
叫聲清脆而悅耳
遊客從台三線走來
他們互相嘻鬧著
果樹長在樹上
不吃也美麗

小孩直吵著要去摘取
女孩頭上的髮帶
在果園間
此起
彼落
整個世界
都如飛舞蝴蝶

——《中華副刊》，二〇一一年一月二日。

鵝鑾鼻燈塔

大海說看到燈塔的白色就一陣暈眩
大海還說他居心不良想吞噬漁船
常被我破了奸計常常只能使盡氣力
掀起滔天巨浪困住不信邪的漁夫

我看見大海乖得像一個孫子的時候
我就假寐就讓鼾聲伴隨
燦爛艷陽下展現風姿的海浪
讓大海盡情的表演

只有我們如一葉扁舟的島
在黑暗中載浮載沉

我才睜開巨眼射出萬丈光芒
向四面八方透視海洋的詭計

百年來我到底和海洋做過多少拉鋸
到底我還可以撐多久
海洋和我都沒有答案
海風也只有呼呼訕笑而過

誰算得準呢
這天下的事物
誰又知道誰能天長地久
誰又先做手下敗將

——《台時副刊》，二〇一四年三月十七日。

福安宮

就在車城
就在國境之南　落山風狂吹的地方
許多人在閒逛　許多人在購買
更有許多人擠在廟宇中
有人提著整袋洋蔥
有人購買鹹蛋
每個人心中都建構不同的藍圖
發出不同的祈願
裊裊香煙上昇著
四散飄向虛空
靜坐高位的神明
是否知道
它吹向那裡

眾人都擠在廟前你擠我我擠你
你祈求我也祈求千千萬萬個祈求
只有一個神明是否會忙不過來
成千上萬的神明才能招呼
成千上萬的普羅大眾
我不知道神明是否需要請助理
我只知道許多助理都忙著收香油錢
香客來來去去年年如此
所有人都希望神明平安廟宇平安
大家都平安
它卻在飄渺的煙霧中

——《台時副刊》，二〇一四年二月二十四日。

風吹沙

一陣風吹來沙一直向前滾動
再一陣風吹來沙仍然再次向前滾動
一層層沙的波紋
彷彿我已皺得不成樣的皮膚

我站在沙前看著風不斷吹著
我看到一個個年輕的影子不斷出現
那不是頑皮的中學生
那不是害怕聯考的小子
怎麼一下子就變成退休的老頭
又一下子變成拄杖看海的老翁

風吹在我站在沙上的身軀
所有影像都要來重疊一起
把我壓入沙中被沙埋沒
抬頭看看即將下沉的落日
它會和我一起下沉嗎

——《台時副刊》，二〇一四年三月二十四日。

恆春古城

那是帝王的夢還未結束嗎
或者真的是留給後人看從前的美學
從前皇權的思維下的建築模式

城外架了棚
曾經看著人們一直往上爬
一直掉下來又再爬上去
仍然有人很厲害搶到頭香

許多人在廣場看熱鬧
吵雜聲夾著風聲雨聲
而我覺得千百年來很多東西
都還在延伸並沒有結束

理想的藍圖仍未設計出來
許多人來了又回去了
古城的面貌只修不換
搶孤的習俗年年進行

一切的一切都在搶救孤單的靈魂
而城牆
在沒有人的夜裏
獨自哭泣著王朝的興衰起落

——《台時副刊》，二〇一四年三月三十一日。

貓鼻頭

那一隻貓伸出脖子看海嗅海
只是不喝海水
我在岸上看牠抬起狗樣的頭硬是
喵啊！喵的兩聲弄得海水四濺
牠弓起貓背我還是認為牠是狗頭
雖然如此牠不喝水就是不喝水
千百萬年來不喝硬是不喝
我拿牛奶餵牠還是不喝
一批批遊客來了又走了
一次次落日下沉了又一次次落日
而我等待了好幾次總是碰到
可惡的烏雲又厚又黑
我一直等一直等

等到沒有歸帆的夜
等到海水也喵了兩聲
告訴我誰也無法阻止
落日的下沉

——《台時副刊》，二〇一四年三月十日。

國境之南

居然被人們遺忘
居然很多人不知道它就在島的最南端
深入海洋 百年來被海深深親吻著
被巨浪衝刷 被炎陽燙傷 被人們遺棄
在這最偏遠的南端

它長出一片樹林
樹林中立了一座碑
彷彿伸向天空的巨炮
就如同守護人們的神靈
它忍受無情的風沙
它拒絕時常想入侵的海蟑螂

有時它被某種鎖鎖住
被黑暗困住 被意識形態的巨螯夾住
在莫名的氣氛中僵住
只有日夜不停聽到
海的哭聲

——《台時副刊》，二〇一四年三月三日。

墾丁森林遊樂區

在一片綠色中
看到許多植物站出來
向解說員說介紹我介紹我
確實我們都不知道它們叫什麼名字
花花草草巨木樹藤一起圍過來
熱情的它們竟然看到
我們在嚮導的說明曲中睡著了

第一次認識的棋盤腳
開著美如辛黃的花苞
含羞的和我們對望

再過去那邊不是有岩洞
再過去那邊不是望海亭
洞的神秘和海的波濤互相拉扯

我們在園中徘徊竟然迷路了
我們穿過一叢叢大樹
走過一層層腐葉
在酸味氣息中聽到
嚮導的呼叫聲

——《台時副刊》，二〇一四年四月七日。

夢的世界

遊客不停奔馳在台三線和台六線
水果之鄉的美名
彷彿就要穿透人們的耳膜
泰安溫泉氤氳如夢
馬拉邦的楓葉何等醉人
還有法雲寺的寧靜
香火鼎盛古意盎然
大湖的草莓
一直不止息的向我們邀請
卓蘭的楊桃柑橘柳丁
還有葡萄枇杷
正散放著芬芳
招蜂引蝶

長青谷中的一縷白絹
正清幽雅致的展現她的風姿
採完果的遊客
在瀑布水聲中
吃著無比新鮮的滋味
聊著多少古今事
林間的芬多精
蒙住了我的眼耳舌身
一切塵俗皆離我遠去
我未加入人們的聊天
兀自醉在夢的世界

——《文訊．三二〇期》，二〇一二年六月。

醉在大湖草莓園

當我急急從遠方
越過後龍溪
沿著台三線
尋找那叫 一分街的人間天堂
企圖品嘗那紅豔豔的人間美味
豈知早已有幾隻
不知死活的綠繡眼
也為了貪圖口福
被誘進鳥籠中
跳來跳去
嘰嘰喳喳
籠外的草莓田隴間
小孩們此起彼落的追逐採摘

像極了在花朵間
飛舞的彩蝶
一時
我竟醉於這樣
一幅圖像
久久醒不過來

——《秋水詩刊．一四三期》，二〇〇九年十月。

醉人的圓舞曲

——寫大溪花海

那群剛下遊覽車的小孩
頭上的蝴蝶結
飛舞在花海中
所有的花
都把希望之燈亮起
讓人們以為到了普羅旺斯
或者到了荷蘭
薰衣草和鬱金香
都以綽約的風姿叫出聲音
不論用眼睛追逐
或用耳朵傾聽
也許傳說中冰河世紀末

黃沙滾滾襲擊世界
都將被花開的聲音
兒童的笑聲
逐出這個繁花的世界
花依然
在你我之間
跳著醉人的圓舞曲
一再旋轉
旋轉 旋轉

——《秋水詩刊‧一四七期》，二〇一〇年十月。

華西街

站在街角的女郎
被昏暗的燈光
畫出一條動人的長腿
眼前出現的是
像刀一樣切割女郎肉體的
酒杯
身後出現的是家鄉親人
張望企盼郵差的頭顱
這條街長長暗影的重疊
可以將女郎
壓成紙片人

——《自由副刊》，二〇一三年九月一日。

竹圍漁港

一位漁夫正面向大海
呼喊著忘了回來的靈魂
一位穿袈裟的老僧
正在殺魚聲划酒聲中茫然
一位美麗的酒肆公關
正勸進客人一杯一杯狂飲

——《中華副刊》，二〇一一年九月十五日。

祝山日出

一群人等待觀賞日出神韻
癡癡望著曙色游動的天空
心裡想著幾十年來唱的那首歌
然而舌頭早已嚴重鈣化
再也唱不出那首傷心的曲子
即使再努力清除舌面青苔
一樣唱不出
撐著痠痛的身子
用心努力等待
等待那金蛋的光芒四射
那情景又會告訴我們些什麼
那首歌

是否已在太陽熱力中
焚毀

——《創世紀・一七八期》二〇一四年。

梅山公園

一朵雪白的梅花
多年來一直雪白在我心上
一朵清香的梅花
多年來一直清香在我心上
一個依稀的倩影
多年來一直飄忽在我心上
一個山邊的小公園
多年來一直緊貼在我心上

——《中華副刊》，二〇一四年二月二十四日。
此詩獲選刻在嘉義縣「梅山公園文學步道」。

輯三

變幻的雲朵

旅日抒懷

大阪城雄偉的石牆四周圍著
外邊護城河水緩緩流著
戰國群雄每到此處
總會拉起戰馬長嘶
東征西討誰是永遠的勝利者
空中雲朵變來幻去找不到答案
即使後來的東條雄心萬丈
三本的海軍船堅砲利
而今安在 而今安在

我從南邊的小島遠遊至此
想到昔日有些人還是我的鄰居
自從他們被遣返北國

是否尚能聽到海島北投礁溪
藝妓為他們溫柔的調酒彈唱

——《台時副刊》，二〇一四年一月六日。

伊勢神宮

多少年才搬遷一次的巧合
我們竟然碰上了
沿途工匠建築木造舞台步道
藏在蕭索林木中的神權信仰
隱約映在朝聖人們臉上
數個工人合力抬著木樁
幾個蹲在上釘木板地面
人們走在碎石步道
聲音窸窸窣窣

朝聖的人一波一波
被阻擋在舊神宮之前
有人投幣祈願

有人露出虔誠的臉向前仰望
一位道士坐在旁邊的小屋中
翻著經典唸唸有詞
我回頭尋找進來時那驚鴻的一瞥
修剪得有模有樣的松樹
被我拍到了許多風姿綽約的模樣
千年來一直延續無可取代的神聖步道
仍一階一階的顫危危的前進著

——《台時副刊》，二〇一四年一月六日。

金閣寺

站在人群中
看著一波一波湧動的人潮
終於意識到它遠近馳名的威力
金色的光芒越來越強烈
以各種角度方向射向我
人們搶著找上好的位置
捕捉金閣寺的神韻
我孤單的身影在人流中
像一尾落寞的魚
全身貼滿金箔果然輝煌
庭園中的樹木伸出熱烈的手
在風中向遊客打招呼
小小的湖泊也倒映著天上

霞光和雲彩
立在異國土地上
想像古今時空的交會
有仗劍的騎士奔過
有投彈的飛機飛過
所有的人臉色都沉重了下來
迎著晚風
發出幾聲輕輕的嘆息

——《台時副刊》，二〇一四年一月六日。

大阪城

繞著大阪城雄偉的石牆走著
歷史以細密的音聲在我腦中環繞
槍砲口仍在牆頭上發聲
告訴朝聖的人們
只要有人就有戰爭就有殺戮
在巨大的城牆上
塗滿看不見的血痕
四處凝望沉思中
有一隻黑色的大鴉
正站在高高的樹上
昂首張望

胸中有一種奇異的念頭在醞釀
時光的大河仍緩緩向前流動
巨大的岩石仍在上面巍然屹立
詩人的詩句能寫出什麼啊
音樂家的音符能譜出什麼震撼的曲子
高高的城牆仍袒露著雄偉的胸膛
昂首向世界做權威的宣誓
而我心中
卻有一股莫名的蒼涼升起

——《台時副刊》，二〇一四年一月十三日。

橋杭岩

啊！串本東海岸的奇石區
朱銘的人間系列正展示著
八十五米長四十多座大小不一的岩石
彷彿一長列橋墩在海上排列
以各種人形的樣態呈現

他們心事太多了
有作沉思狀
有作奮力工作樣
生命的烈燄在燃燒
而海浪日日夜夜沖擊他們的軀體
也雕琢出他們頑強的線條

海浪仍像一條命運的鞭子
鞭撻著這些海中的人像
我彷彿看到生活的重壓
也一樣向我們壓下

後記：遊日本「橋杭岩」，見到整排海上人形石頭，像極雕塑家朱銘的「人間系列」作品。佇立欣賞良久，感於人間竟有如此巧合之事，回程在飛機上，得詩乙首，特為之記。

——《台時副刊》，二〇一四年二月十日。

清水寺

它仍然在那裡抗衡 和時間
千年的木造古寺
未用一根釘
只靠三百三十九根木柱
縱橫交錯支撐
工法獨特文化遺產津津樂道
只可惜無緣
未逢開放時間

誘人的櫻花和楓葉
許多人在舞台和姻緣石上走著
祈求長壽和婚姻良緣

七老八十的我們
內心已平靜得沒有多少星火

坐在台階上想著
那一長串飛逝的歲月
正在心中叮叮咚咚的敲著
那三十三年才公開一次的千手觀音
能告訴我們什麼
此刻有一群寒鴉
正飛入一片蒼茫的暮色中

——《台時副刊》，二〇一四年二月二十七日。

那智瀑布

仍然繼續奔騰而下
從一百三十多米高的山崖上
以寬十多米高的水幕
每秒一噸流量的力道
向下狂瀉
如千軍萬馬的磅礴氣勢
如後面原始林層層的深奧
和時間的精靈爭雄
飛墜的水花
涼透了我早已昏聵的腦袋
向上仰望
彷彿所有失去的歲月
也在那一秒中

迅速回到眼前
瀑布滋養著面前高大的松樹
翠綠的松針昂然挺向空中
只有我們混亂的心靈
仍被那狂奔而下的水流
猛力的鞭打著

——《台時副刊》，二〇一四年一月二十日。

紀三井寺

幾隻烏鴉在樹上叫著
聲音迴盪在山的四周圍
人行道上有幕府時期的腳印
導遊細說著豐臣家和德川家的往事
我分不清誰是織田誰是在他之前之後
落葉在行人腳下窸窸窣窣
鷹在海岸線盤旋
有時俯衝下來

搶食遊客丟向空中的麵包
我站在台階上
面對著古寺沉思
誰失去了什麼　誰又得到了什麼

一直在腦中左右環繞
或許寺中那三口水井
已給了些微啟示
空氣中傳來一股無比溫柔的擁抱
撫慰到此一遊的受傷心靈

——《台時副刊》，二〇一四年二月十七日。

輯四

古典的憂鬱

灕江

幾乎對自己的眼睛
產生懷疑了
這種煙雨中的山水
不就是我閱遍故宮名作
最特出最令人難忘的
淡墨山水
我收起雨傘
讓單薄的身影
與忽遠忽近的山
以及江南美女腰上
綠色的彩帶
融為一體

——《創世紀詩雜誌・一七二期》，二〇一二年十二月。

蘆笛岩

從洞外的亮麗陽光中
走進微光的世界
眼睛突然為之一亮
遂驚見千萬年的時光巨匠
竟能以無形的藝術家巧手
為我們雕成神奇璀璨的殿堂
我的頭髮開始一束束掉落

手上的筆也開始風化
詩也一個字一個字消失
腦袋逐漸空白
面對如此神奇巨構
一股電流通過而至全身

痲木
正在失去意識之間
一滴鐘乳石上的清水
掉落在我仰頭張開的大嘴上
啊！多麼沁涼的
世紀之水

——《創世紀詩雜誌・一七二期》，二〇一二年十二月。

七星公園摩崖石窟

所有窟外的樹都
驕傲的站在那裡
所有岩石都昂然挺立
只因
許多歷代自稱文人雅士
都來這裡又刻又畫
只因許多學者都來
又研究又欣賞又讚嘆
它們心中不免暗笑
它們只欣賞瀟洒飄過的雲
只欣賞自開自落的花

一些剛剛冒出的小草新芽
被急急前來書寫的大腳
踩到而頻頻呼痛

——《創世紀詩雜誌・一七二期》，二〇一二年十二月。

德天瀑布

那重金屬音樂在水幕後
響著一陣陣讓人震撼的癡迷
飄洋過海的遊客
站在中越邊界上
眼露驚奇
一群群旅客
與一攤攤商販之間
正展現人性的貪婪
在擁擠的人群中走著
已忘了滿身旅途的風霜
呆呆望著眼前發出巨大聲響
縱橫百尺的千軍萬馬圖騰
突然心中升起一絲絲

什麼是人生真義的愁緒
數十年快速從手中溜走了
彷彿瀑布抓起的水花幻滅
如同景區旁樹上花朵的飄落
同行友人偷偷舉起相機
為我特寫憂鬱的神情

——《創世紀詩雜誌·一七二期》，二〇一二年十二月。

通靈大峽谷

妻的頭髮在寒風中
輕拂我的臉頰
谷中飄散的水珠
也濺到我身上
八百個階梯上下升降
彷彿與景區中山水
一起挪動
遊客也成為景中之景
穿過一層層突出的岩壁
走過許多臨崖驚險的山谷
我的背脊冒出陣陣寒涼
一階走過一階
便進入一個圓形迷宮之中

水聲淙淙間竟忘了出入口
而同行友人笑鬧撥弄泉水
以至於大家都全身溼透
我悄悄立在一塊大石旁
想著這麼千里之外的深山中
有幸與這些瀑布山石融為一體
便通體舒暢的與笑鬧的友人
同時走出峽谷

——《創世紀詩雜誌．一七二期》，二〇一二年十二月。

遊記詩兩首

岱廟

一群花枝招展的女孩
站在四月的每個角落
迎接遠道的遊客
古樹冷冷站立兩旁
沒有說話
一朵烏雲飄過
已經乾旱了半年的地方
竟然下起
毛毛細雨
廟前插著台灣前來朝聖的廟宇旗幟

正迎風招展
如同那一簇一簇的花朵

蓬萊閣

海面的風
微微吹著
蔚藍的天空
有些古典的憂鬱

波浪起伏
千古興衰湧聚心頭
閣樓兀自立在那兒
它不管外面的爭戰
它不管千古人事滄桑
一位孤獨的旅客

呆立樓頭
茫然望著
競翔的海鷗

——《創世紀詩雜誌·一七一期》，二〇一二年九月。

九寨溝旅次所見

一群人走在
到處都是湖泊的小路上
雲朵
俯身衝下每個小湖
歡呼聲中
我聽到每個湖泊
都以七彩的聲音
向遊客訴說
天地間無人能懂的密音
喜歡親水的客人
紛紛從往日的記憶中
拉出一條條
並不出色的水蛇

並且紛紛表示
若論蛇的風韻
當以這個湖中游動的
最為五彩繽紛

——《創世紀詩雜誌．一六九期》，二〇一一年十二月。

登泰山有感

來一陣風吧
雖然四月還有些微寒
走在陡峭的石階上
望著光禿禿的山陵
還是有一種叫人冒汗的感覺

下一場雨吧
我不知道這裡乾旱多久了
貧瘠的石礫上
竟然有多種開花的樹
而且一球一球
多茂盛啊

給我一點不一樣的感覺吧
不知道當年
尼克森是否也來這裡
嚮往遠古皇帝封禪的感覺
拿破崙是否也想從威海上岸
希特勒也想到此享受榮光

來一陣炙熱的陽光吧
怎麼才冒熱汗
卻有一種千年的冷
由內心升起

一群面貌黝黑的朝山者
身上綁著一綑綑巨大的香燭
虔誠的臉上滿是
一顆顆豆大的汗珠

後記：二〇一一年四月與文友遊山東，登泰山，突然百感交集，在旅程中多次書寫未能完稿，改改寫寫，完卷時已是十月底，是為記。

——《中華副刊》，二〇一二年三月十五日。

讀詩人99　PG1686

風吹沙

作　　者　落　蒂
責任編輯　盧羿珊
圖文排版　周好靜
封面設計　葉力安

出版策劃　釀出版
製作發行　秀威資訊科技股份有限公司
114 台北市內湖區瑞光路76巷65號1樓
電話：+886-2-2796-3638　傳真：+886-2-2796-1377
服務信箱：service@showwe.com.tw
http://www.showwe.com.tw
郵政劃撥　19563868　戶名：秀威資訊科技股份有限公司
展售門市　國家書店【松江門市】
104 台北市中山區松江路209號1樓
電話：+886-2-2518-0207　傳真：+886-2-2518-0778
網路訂購　秀威網路書店：http://www.bodbooks.com.tw
國家網路書店：http://www.govbooks.com.tw
法律顧問　毛國樑　律師
總 經 銷　聯合發行股份有限公司
231新北市新店區寶橋路235巷6弄6號4F
電話：+886-2-2917-8022　傳真：+886-2-2915-6275

出版日期　2016年12月　BOD一版
定　　價　200元

Printed in Taiwan

國家圖書館出版品預行編目

風吹沙 / 落蒂著. -- 一版. -- 臺北市 : 醸出版,
2016.12
面 ;　公分. -- (讀詩人 ; 99)
BOD版
ISBN 978-986-445-160-9(平裝)

851.486　　　105018758

讀者回函卡

感謝您購買本書，為提升服務品質，請填妥以下資料，將讀者回函卡直接寄回或傳真本公司，收到您的寶貴意見後，我們會收藏記錄及檢討，謝謝！

如您需要了解本公司最新出版書目、購書優惠或企劃活動，歡迎您上網查詢或下載相關資料：http:// www.showwe.com.tw

您購買的書名：______________________________

出生日期：________年________月________日

學歷：□高中（含）以下　□大專　□研究所（含）以上

職業：□製造業　□金融業　□資訊業　□軍警　□傳播業　□自由業

□服務業　□公務員　□教職　□學生　□家管　□其它_____

購書地點：□網路書店　□實體書店　□書展　□郵購　□贈閱　□其他

您從何得知本書的消息？

□網路書店　□實體書店　□網路搜尋　□電子報　□書訊　□雜誌

□傳播媒體　□親友推薦　□網站推薦　□部落格　□其他__________

您對本書的評價：（請填代號　1.非常滿意　2.滿意　3.尚可　4.再改進）

封面設計____　版面編排____　內容____　文／譯筆____　價格____

讀完書後您覺得：

□很有收穫　□有收穫　□收穫不多　□沒收穫

對我們的建議：______________________________

請貼
郵票

11466
台北市內湖區瑞光路 76 巷 65 號 1 樓
秀威資訊科技股份有限公司 收
BOD 數位出版事業部

....

（請沿線對折寄回，謝謝！）

姓　　名：＿＿＿＿＿＿＿＿＿＿　年齡：＿＿＿＿　性別：□女　□男

郵遞區號：□□□□□

地　　址：＿＿＿＿＿＿＿＿＿＿＿＿＿＿＿＿＿＿＿＿＿＿＿＿＿

聯絡電話：(日)＿＿＿＿＿＿＿＿＿＿＿＿　(夜)＿＿＿＿＿＿＿＿＿＿＿＿

E-mail：＿＿＿＿＿＿＿＿＿＿＿＿＿＿＿＿＿＿＿＿＿＿＿＿＿＿